IDÉES ET VUES

SUR LE

CHATEAU DE VERSAILLES.

IDÉES ET VUES

SUR L'USAGE

QUE LE GOUVERNEMENT ACTUEL DE LA FRANCE

PEUT FAIRE DU CHATEAU DE VERSAILLES;

Par P. J. F. LUNEAU DE BOISJERMAIN.

A PARIS,

Rue ci - devant Condé , N°. 7.

An VI.

AVERTISSEMENT.

IL n'y a point de peuple qui ne vou-
lût avoir chez lui le Château de Verſailles ,
& qui ne le conſervât avec ſoin. Il le regar-
deroit comme un temple où la curioſité
viendroit en pelerinage de toutes les parties
de la terre.

Tout le monde a admiré l'inſtitution des
Invalides. La manière grande , noble &
majeſtueuſe dont ils ſont logés , celle dont
ils y étoient entretenus , ont ennobli l'idée
de cet établiſſement.

On a propoſé dans quelques papiers
publics de loger les Invalides à Verſailles,
de former des Invalides , un Hôpital. Chaque
établiſſement a eu ſon objet. On veut le
changer , lui en donner un autre.

Je ne prétends point contrarier les auteurs
de cette double vue ; mais faire connoître

A

Les motifs d'économie politique qui ont fait élever l'un de ces monuments, le Château de Verſailles ;

Les conſidérations qui doivent déterminer à le conſerver dans ſon état de magnificence & dans le meilleur entretien.

J'aime les Arts & ceux qui les cultivent. Je m'intéreſſe à la conſervation de tout ce qui peut contribuer à en perpétuer les leçons, à en inſpirer le goût, à en faire aimer les ouvrages.

IDÉES ET VUES

SUR L'USAGE

QUE le Gouvernement actuel de la France peut faire du CHATEAU DE VERSAILLES.

L'IMMORTEL COLBERT penſoit, dans le dernier ſiècle :

Que la France étoit la plus grande puiſſance agriculturale de l'Europe. Elle y occupe ſans diſcontinuité le plus grand horiſon. Elle étoit alors & elle eſt encore la plus variée dans les objets de ſa culture & la plus avancée dans le perfectionnement de leurs fruits.

Qu'elle pouvoit être la plus grande puiſſance induſtrielle de ce continent. L'induſtrie naît des choſes qu'elle peut mettre en œuvre. Aucune Nation de l'Europe ne trouve chez elle autant de matières premières à offrir aux travaux de l'induſtrie.

Qu'elle devoit être la plus grande puiſſance ſur mer. Une étendue immenſe de côtes, ſur l'Océan & la Méditerranée, permet au peuple Français de s'élancer de touts côtés vers toutes les parties de la terre. La France a plus de moyens qu'aucun autre peuple de l'Europe pour dominer fur la furface des mers. Elle a toute la force qu'il faut avoir pour en conquérir l'empire & pour le conferver. Aucun peuple n'a autant d'intérêt, que le peuple François, de dominer fur l'horifon des mers, d'y régner, de la rendre indépendante de toutes les ambitions qui voudroient en ufurper l'empire. Le fuperflu dont la France a fans ceffe à fe défaire , les befoins que le peuple François a de l'échanger contre d'autres productions, ne lui permettent pas de laiffer la France dans la dépendance de l'Angleterre fur mer. Le peuple Français feroit tributaire pour touts fes befoins de l'induftrie & du commerce de la nation Angloife.

Colbert penfoit auffi que la France pouvoit être la plus grande puiffance commerciale de l'Europe.

Le fuperflu des produits de la culture et des travaux de l'induftrie eft par-tout la matiére première du commerce. Nul peuple en Europe n'a autant de productions à mettre dans le commerce, que le peuple Français.

Nul peuple n'a un auffi fi grand intérêt d'échanger fon fuperflu contre les productions des autres climats qui lui manquent, ou d'employer à les acquérir l'argent provenu de la vente des matières fuperflues qu'il poffède. La vente & l'échange des productions d'un Etat très-étendu, font les premiers moyens d'acquérir de la prédominance chez les peuples avec lefquels on des rapports.

Colbert penfoit que la France devoit augmenter fans ceffe les avantages de fa fuperiorité naturelle.

Tout Etat qui ne croît point en richeffe, diminue de puiffance. Tout Etat qui ne croît point en puiffance, perd de fon importance, & les moyens de conferver fon indépendance de fes voifins. La richeffe eft l'ame de tout. Elle naît par-tout des travaux de l'agriculture et de l'induftrie et du commerce. Elle végète fur le temps employé au travail. Elle pouffe au bout des bras confacrés à fes différents exercices.

La France eft de touts les pays de l'Europe la plus féconde en hommes. Aucun d'eux n'a autant de bras à donner aux travaux de l'agriculture, de l'induftrie et du commerce. Aucun deux n'a autant de moyens de s'enrichir.

Le peuple Français a toujours eu une culture fort fupérieure à fes confommations. Les produits de fon induftrie ont toujours furpaffé fes befoins. Il a toujours eu chez lui les moyens de s'élever à une grande puiffance par une grande richeffe.

Les peuples qui ne mettent rien dans le commerce de la terre, font pauvres et fans puiffance.

La richeffe nationale eft par-tout produite par la richeffe individuelle.

Tout Etat qui veut avoir une grande puiffance, doit s'occuper fans ceffe à étendre, à agrandir la richeffe particulière du peuple qu'il régit, à ne rien lui laiffer perdre de celle qu'il a acquife, à lui conferver touts les moyens qui ont contribué à la former, à l'étendre.

L'homme qui cultive, l'homme qui travaille, ne s'enrichit point quand il ne vend rien de ce qu'il a récolté sur la terre, fur le temps qu'il a fillonné par fes travaux. Plus il crée autour de lui de productions, plus il multiplie le fruit de fes travaux, plus ces différents produits diminuent de prix, quand il ne les vend pas, quand il ne peut pas les vendre, quand il ne peut pas les échanger contre d'autres productions. L'abondance des chofes que l'on poffède en fait toujours baiffer le prix. La rareté seule en élève la valeur et la fait croître.

Une réflexion fimple fit obferver à Colbert que s'il n'y a point de richeffes fans culture, fans industrie & fans commerce, il n'y a

Point de commerce fans vente;

Point de vente fans marchés;

Point de marchés fans acheteurs;

Qu'ainfi l'art d'entretenir une grande culture, de nourrir une grande induftrie, fe réduit au fecret:

De fournir de grands débouchés;

D'ouvrir par-tout des marchés;

De conquérir par-tout des acheteurs, au peuple qui fait venir ou qui travaille les matières premières.

Pour remplir d'auffi grandes vues, Colbert s'occupa

du foin d'étendre l'horifon commercial de la France dans les autres continents. De grands avantages réfultèrent pour la France de cette idée.

Les habitants des Colonies créèrent fur les fols étrangers qu'ils habitoient, des denrées nouvelles, qui manquoient à la France. Ils les y firent abonder en les échangeant contre leurs productions. Les denrées qui formoient le fuperflu des Colonies euffent été inutiles à leur consommation. Elles remplirent touts les befoins de la France. Elles firent refter chez elle l'argent qu'il auroit fallu employer à les acquérir.

Les Colonies ouvrirent à la France de nouveaux marchés, pour toutes les époques de fa puiffance. Elles affurèrent d'éternels acheteurs à fes productions, & une génération perpétuelle de consommateurs, destinée à convertir en richeffe tout le fuperflu qui aurait été un fardeau pour fon fol, fi elle n'avoit pas trouvé à le placer fur le fol éloigné des Colonies.

Pour porter ces denrées inutiles dans des lieux où elles pouvoient devenir un premier befoin; pour apporter des Colonies les productions qui excédoient la confommation de leurs habitants, il falloit des vaiffeaux marchands. L'amour du commerce les fit construire, et fon intérêt les multiplia.

Ces vaiffeaux feroient devenus la proie de l'avarice des Nations étrangères, s'ils n'avoient pas été protégés fur touts les points de la furface des mers, par des villes de guerre, qui puffent les défendre fur touts les parages. La France créa pour eux une marine de guerre. Elle feroit aujourd'hui auffi redoutable que celle de l'Angleterre, fi la France n'avoit pas perdu dans les troubles de la révolution, prefque touts les officiers de mer que le peuple Anglois pouvoit redouter. Depuis qu'ils ont quitté nos ports, il a prefque conquis le commerce des mers dont il partageoit autrefois les bénéfices avec la France & la Hollande.

Colbert ne pouvoit pas fonder à la France des Colonies en Europe, comme il le pouvoit dans les autres Continents. L'Europe eft partagée entre un certain nombre de Nations fouveraines, qui toutes lui auroient difputé le fol fur lequel il auroit voulu les établir. Toutes font intéreffées à faire confommer, dans le pays qu'elles occupent, les travaux de leur induftrie. Toutes doivent tâcher de verfer chez les autres peuples le fuperflu de leurs befoins. Toutes doivent empêcher l'introduction chez elles de toutes les marchandifes qui pourroient entrer en concurrence avec les leurs, interrompre le cours des travaux de leur industrie, & enlever de chez elle l'argent qui fert par-tout à la féconder.

Colbert entreprit cependant d'acquérir en Europe de nouveaux confommateurs à la France, de lui procurer de nouveaux acheteurs, de faire confommer chez elle par des étrangers une partie de fes productions, & de leur en faire acheter une partie des œuvres de fon induftrie,

induftrie , & d'en faire répandre, par eux , le goût & l'ufage dans touts les Etats du continent.

Pour opérer cette double merveille, ce miniftre imagina d'élever en France des manufactures en tout genre ; d'y faire perfectionner touts les travaux de l'induftrie françoife ; d'élever la France au-deffus de touts les peuples de l'Europe, par la qualité de fes marchandifes, par la richeffe de leur compofition, la beauté, les grâces du deffin.

Dès-lors, on s'occupa par-tout à perfectionner touts les objets de la culture, l'excellence & la variété des fruits, les ouvrages différents qui fortoient des mains de l'induftrie françoife. Les matières premières que la France pouvoit fournir à l'induftrie trouvèrent chaque année des talents plus éclairés qui les travailloient, un goût plus perfectionné qui les mettoit en œuvre. Nos vins devinrent les plus fins & les plus délicats de l'Europe. Nos huiles les plus parfaites de la terre. Les travaux de notre induftrie, l'emportèrent par-tout dans le même genre fur ceux de toutes les autres Nations, par la bonté qui leur étoit attachée.

L'amour du beau, le plaifir de contempler fes merveilles, font des fentiments qui naiffent dans touts les pays, & qu'on ne peut fatisfaire qu'en fe tranfportant dans celui qui peut contenter la curiofité qu'il excite. Pour transformer la France en un aimant puiffant qui attirât chez elle touts les peuples, & qui les mît

B

touts à contribution par l'attrait qui les y attireroit, Colbert conçut l'idée superbe de rendre la France le plus beau pays de l'Europe, d'embellir, par toutes les recherches de l'esprit & du goût, l'intérieur de ses habitations, de rendre le peuple François le modèle de toutes les Nations de la terre, par la noblesse & l'élegance de ses manières, par le bon goût de ses ajustements, par l'aimable sociabilité de ses mœurs.

A sa voix, toute la France s'embellit par ses constructions, par la riche & charmante disposition de ses terreins. Paris se remplit de Temples, de Palais, d'Hôtels, de Jardins, de Maisons charmantes. Depuis plus de cent ans elles ont été autant de temples, où le goût du beau a pris naissance & s'est conservé, où chaque jour il prenoit une nouvelle vie.

Versailles, Marly, Trianon, Sceaux, Meudon, &c, &c, sont nés de cette grande vue.

Versailles est par son étendue, par la richesse des objets qu'il renferme, par leur étonnante variété, par l'ensemble merveilleux de leur réunion, le plus beau monument que la France ait élevé à la gloire de ses arts. Il a été depuis plus de cent ans le séjour continu de sa toute puissance, & sa plus belle décoration. En le faisant bâtir, le Monarque, qui gouvernoit alors la France, voulut créer une résidence souveraine, qui surpassât tout ce qui existoit alors, & qui existe encore aujourd'hui dans ce genre de création.

Les hommes célèbres qui ont contribué au développement entier de ce projet ont eu leur ambition particulière. Ils ont voulu

Se consacrer à l'immortalité pas leurs ouvrages ;

Renaître touts les jours à la gloire par les chefs-d'œuvres qu'ils y ont posés ;

Arriver dans le souvenir de touts les âges par l'hommage journalier qu'on rendroît à leurs talents.

En se plaçant à Versailles à côté de la puissance qui régnoit en France, ces grands hommes ont cru ,

Qu'ils feroient toujours protégés par la puissance publique dont ils ont fait la gloire ;

Qu'ils serviroient éternellement à l'appareil de sa représentation ;

Que cette puissance , par amour pour elle même, par intérêt pour l'art qu'ils ont illustré , empêcheroit

Qu'on ne détruisît les Palais & les Jardins superbes qu'ils ont élevés ;

Que leurs ouvrages ne fussent déplacés du lieu pour lequel ils ont été faits.

Ces grands hommes ont pensé que touts les François les défendroient des outrages de l'avenir ; que touts feroient les conservateurs , les protecteurs , les appuis de la célébrité que la France s'est acquise par leurs travaux.

Le luxe , la richesse des embellissements dont ont a

doté le Château de Versailles a été payé par touts les
François. Ils ont touts contribué dans le dernier siècle,
& dans celui-ci, ou à sa construction ou à son entretien.
Ce Château est devenu par là une propriété commune,
où chaque François a eu, & a encore le droit d'amuser
ses regards par la vue de toutes les beautés qu'il renferme. Il a droit de perfectionner son goût par leur
étude, leur bel accord entre elles. Cette instruction est le
tribut naturel qu'il doit recueillir de ses avances.

Versailles n'eût été qu'un Château superbe, perché
sur une hauteur solitaire, si un grand nombre de riches
propriétaires n'avoient point bâti une ville superbe
autour de sa circonférence.

Les habitations de ces riches propriétaires sont
encore aujourd'hui le cortège nécessaire de ce Château,
la parure & la richesse du fond sur lequel elles sont
élevées. Elles lui ont donné touts les agréments qu'il
emprunte de la ceinture de bâtiments dont il est
entouré. Elles ont augmenté sa majesté imposante.

On propose d'utiliser le Château de Versailles, ou
d'en former un établissement utile ?

Les bâtiments destinés à former des établissements
publics, sont par-tout bâtis, disposés exprès pour eux.

Le Château de Versailles n'a point été construit
pour former un établissement utile. Quelque soit celui
qu'on y transporte, on n'y trouvera rien qui convienne à ses besoins, & qui puisse répondre à ses vues.

Les entrepreneurs ou les directeurs de l'établissement qu'on formera à Versailles, & ceux qui concourront à leurs travaux, n'auront aucun intérêt à conserver la forme grande & belle du bâtiment dans lequel on les logera.

Les pièces étant trop grandes, trop longues ou trop larges, leurs plafonds trop élevés, il faudra bâtir dans l'enceinte de toutes les salles & y faire des divisions propres à cette nouvelle destination. Il faudra changer tout dans ce Château, dégrader tout, avilir tout. Les changements qu'on a faits à la distribution intérieure de ce Château, depuis sa construction, ont déjà beaucoup altéré sa solidité ; ou la détruira tout-à-fait par de nouvelles dispositions.

La richesse des lambris, la beauté des plafonds étant fort inutiles à l'objet d'un établissement nouveau, les entrepreneurs ou les conducteurs s'occuperont peu de les conserver. Ainsi, la fumée, la poussière s'attacheront bientôt à touts les chefs - d'œuvres des arts qui forment les plafonds & les lambris, s'ils ne sont pas mutilés par les personnes qui contribueront journellement à les encrasser, à les inonder de la fange qui les couvrira.

Il y a dans Paris, & dans toutes les villes de la France, une foule de bâtiments vuides, qui font infiniment plus propres que Versailles à former un établissement utile. On doit les préférer.

Le Château de Versailles a été créé pour loger une grande puissance d'une manière digne d'elle & de tous ses rapports avec la terre.

Il a été bâti pour entourer cette puissance de tout ce qui convient à la dignité de sa représentation.

Il a été conçu pour montrer le peuple François à toutes les Nations de la terre, dans tout l'appareil de sa puissance, de sa grandeur, de sa richesse & de sa magnificence.

Ce Château a été enrichi depuis plus d'un siecle, par toutes les productions du Génie & des Arts, afin de former auprès de l'autorité souveraine, un foyer commun, où le génie de tous les François vînt s'allumer & s'enflammer. Ce feu sacré doit encore brûler sur le même autel.

On a voulu que ce Château fût un centre commun, où la curiosité conduisît tous les peuples de la terre. Que tous vinssent y prendre le sentiment & l'amour du beau dans tous les Arts. Versailles peut encore remplir ces grandes vues.

Le pouvoir des Français a changé de mains. Il doit être soutenu, représenté avec la même grandeur par ceux qui en sont aujourd'hui les dépositaires.

On n'a point détruit les Tuileries. Elles étoient la résidence passagère des Rois de France. On ne doit point détruire les maisons qui étoient affectées à la résidence continue ou momentanée de leur souveraineté.

La puiſſance des Français doit éclairer, féconder touts les lieux qui ont été créés pour ſa repréſentation. Elle doit pouvoir s'y porter, s'y loger d'une manière convenable. On ne doit point changer leur deſtination.

Il faut, dit-on, vendre Verſailles.

On ne peut vendre Verſailles qu'en le dépéçant, qu'en le vendant par partie, comme le Château de Sceaux.

Aucun particulier ne peut l'acheter. Il n'y a point de famille en France qui ſoit aſſez riche & aſſez puiſſante, qui ſoit aſſez nombreuſe, qui ait des rapports aſſez conſidérables et aſſez étendus, pour remplir avec les perſonnes qui lui feront attachées, un Palais auſſi grand, auſſi vaſte.

Ce Château ne peut être acheté que par une compagnie qui aura le projet de le détruire, de le démolir de fond en comble, et de reprendre bien vîte dans la vente du terrein et des matériaux de ſa démolition, le prix qu'elle aura payé, pour avoir le droit de déplacer, de briſer et renverſer les trophées que le Notre, Manſard, Girardon & tant d'autres Artiſtes ont élevés à la gloire de leur profeſſion. Si ce Château n'eſt ni détruit ni dépouillé de ſes embelliſſements, il ne ſera plus qu'une propriété particulière. Il appartiendra tout entier à ſes acquéreurs.

On voudra entrer dans ce Château. L'acquéreur ne

voudra y voir que ceux qui appartiendront à son intérêt & à ses plaisirs.

Ceux qui pouvoient étudier l'art qu'ils exercent dans
les chef-d'œuvres réunis dans ce Château, seront obli-
gés de se priver de cette étude utile, quand l'acquéreur
ne leur permettra point de les regarder. Ils ne pour-
ront se livrer au plaisir de les étudier, que lorsqu'il
voudra bien y consentir.

Si ce Château est vendu et détruit, on fera perdre à
la propriété des habitants de Versailles, les trois quarts
au moins du prix de leurs habitations. On commettra
une injustice gratuite.

On fera perdre à la France le monument qui lui
donne le plus de supériorité sur les étrangers.

On éteindra la gloire qu'il a faite et qu'il fera toujours
à la France.

On privera les Artistes qui y ont travaillé, d'une
partie de l'immortalité qu'ils ont attachée à sa durée.

On les bannira de l'Elysée qu'ils s'étoient formé, dans
lequel ils vivent depuis leur mort.

On forcera leurs ombres assises au pied de leurs
ouvrages, de s'exiler du sol embelli par eux.

On leur ôtera le plaisir de voir leurs noms entre tous
les jours dans de nouveaux souvenirs.

On les privera de l'hommage éternel que la France
doit à leur mémoire.

On

On ne doit point dépouiller les morts de l'héritage
de gloire qu'ils ont acquis par leurs ouvrages.

. On ne doit pas les priver de l'hommage qu'ils ont
droit d'attendre du préfent et de l'avenir, auquel le paffé
les tranfmet tous les jours.

Les habitants de Verfailles ne doivent pas non plus
être privés de la récompense que méritent les embellif-
femens dont ils ont entouré ce Château, ni de l'intérêt
naturel que doit leur rapporter la dépenfe qu'ils ont
faite autour de fon enceinte.

Les Nations ne vivent dans l'avenir que par les
Monuments qui les ont illuftrées, et qui rappellent
leur exiftence. Celles qui ne fe font point immortalifées
par le génie de leurs arts, ne vivent dans le fouvenir de
perfonne.

Une grande Nation, qui a embelli le fol de fa puiffance, ne doit point auffi renoncer à la gloire qu'elle
s'y eft acquife par les belles chofes qu'elle y a fait construire, ni laiffer périr fous fes regards les œuvres mer-
veilleufes de fon induftrie.

L'intérêt de l'État et celui des particuliers ont à-
peu-près les mêmes avantages à recueillir.

Les ouvrages des arts font la parure des villes et de
l'intérieur des maifons qui les renferment. Cette parure
eft, pour tous les peuples l'aimant, d'une curiofité qui

C

s'éveille dans chaque perfonne, par le fentiment du beau qu'elle excite, & qui fe reproduit dans une autre par le récit qu'on lui fait de ce qui a contribué à le fatisfaire.

On venoit voir à Verfailles la magnificence de la fouveraineté des François, le cortège impofant qui l'entouroit de touts côtés; à Paris, fes Temples, fes Eglifes, la pompe de leur décoration, la magnificence religieufe de leur culte, les Places publiques, leurs Statues, les Ponts.. Les Palais, les Hôtels, les Maifons particulières étoient pour touts les regards autant de petits Temples élevés au goût, où le génie des Arts avoit dépofé avec plus où moins de profufion, la richeffe de fon imagination & les chefs-d'œuvres de fon travail.

Chaque ville de France offroit des Monuments de l'induftrie de fes habitants, ou de l'orgueil imitateur qui les avoit infpirés. On y trouvoit des Places publiques, des Eglifes fuperbes, des Maifons particulières plus ou moins embellies par l'architecture & le goût de leurs ameublements,

D'une ville à l'autre de la France, on voyoit l'étendue qui les féparoit, remplie de Châteaux, de lieux de plaifance, des Maifons charmantes qui annonçoient ou la grandeur & la richeffe de leurs propriétaires, ou le bon goût de leurs poffeffeurs.

La magnificence de Paris & de Verfailles & de toutes les Villes de France, a été depuis plus de cent ans une des fources de la puiffance & de la gloire des François, un des reſſorts de leur induſtrie, & le principe de touts les rapports qui ont élevé la Nation françoiſe au-deſſus de touts les peuples de l'Europe.

Le peuple François ne doit rien perdre de ce ſouvenir, & de l'orgueil qu'il doit lui inſpirer. Il ne doit pas négliger les moyens qu'il s'étoit formés de moiſſonner, de glaner ſur la curioſité de touts les peuples, par le ſeul effet de ſa magnificence intérieure.

Les lieux qu'embelliſſent les travaux des arts, ſont autant de champs ſemés pour la curioſité, ſont autant d'écoles vivantes, où l'idée du beau ſe prend par la vue, & ſe plante dans l'eſprit par les yeux.

Le Gouvernement doit conſerver à ce genre d'inſtruction, ſa force & ſon empire dans touts les endroits où il peut lui faire exercer. On ne pourra l'y recevoir, ſi tout le ſol de la France ſe couvre des débris de ſon enſeignement public.

En conſervant Verſailles, le Directoire conſerve à la France, la gloire que ce monument lui fera tant qu'il ſubſiſtera ;

Aux propriétaires de Verſailles la valeur entière de leurs habitations & du revenu qu'elles doivent leur rapporter ;

Aux Artiſtes immortels qui l'ont bâti, décoré, l'honneur éternel d'avoir eu part à ſes embelliſſements ;

Aux Français que le ſeul ſentiment de la curioſité y

conduira, le plaifir de voir une foule de beautés réunies dans le même horifon, qui fe rapportent toutes au même plan, & qui y produifent les plus brillants effets.

Au Gouvernement actuel, l'avantage infiniment fatisfaifant de remplir ce local de fa puiffance, de n'y être point gêné, & d'y être entouré de touts côtés d'une magnificence qui convient à fa grandeur & qui ne doit point manquer à la majefté du peuple Français,

Tout pouvoir qui veut gouverner avec dignité, doit réfider dans une ville qui foit faite exprès pour lui, dans laquelle tout convienne à fes vues.

Ce pouvoir doit se tenir éloigné du mouvement qui agite les grandes villes. Quand on ne veut pas être entraîné, emporté par la lave d'un volcan, & confumé par elle, on ne va point fe placer fur fon cratère. Le Gouvernement qui réfide à Paris, eft au milieu de l'orage dont il doit fe deffendre, s'éloigner, fe fauver.

Dans Paris, la population prend & perd à tout inftant de nouvelles parties. Il eft impoffible d'obferver les élé-ments dont elle fe forme, & de connoître les caufes & les inftants qui peuvent journellement la groffir.

On peut auffi très-difficilement prévoir les intrigues d'un corps, qui s'accroît ou fe diminue au gré de toutes les paffions & de touts les intérêts qui peuvent l'animer.

L'œil de la furveillance ne voit point d'une manière

certaine , quand la foule eft trop forte & trop nombreufe,
quand elle croît & décroît au gré de toutes les volontés
qu'on peut lui fuggérer.

Dans une ville comme Paris, où la hauteur des bâtiments quadruple, quintuple, fextuple l'étendue de fa
fuperficie, les gens fans état fe confondent dans le tor-
rent de la multitude, & ils s'y mêlent fi bien, qu'on
peut à peine les y retrouver. Ces hommes font les
recrues néceffaires de touts les partis. Le befoin les atta-
che à tout ce qui peut faire ceffer leurs fouffrances.

Le Palais qu'occupe aujourd'hui le Directoire, ne
convient point du tout à la réfidence du Pouvoir exécutif de la France. Ses Miniftres & leurs Agents font placés
dans Paris à de grands éloignements de lui. Les Bâtiments qu'ils occupent n'ont point été formés pour
leurs fonctions.

Les communications qu'ont entre eux le Directoire
& les Miniftres font longues, incommodes. Ils perdent
en courfes inutiles un temps précieux à l'Etat,
dont leur travail doit avancer les opérations.

Le Directoire, doit rapprocher de lui fes agents & fe
rapprocher auffi d'eux. Le Palais du Luxembourg eft
trop petit, trop étroit pour la puiffance qu'exerce le
Directoire , & pour le peuple qui fe réunit fouvent
autour de lui.

Dans les jours où le Pouvoir exécutif de la France
doit fe montrer en public, il ne fçait où fe placer pour

fe faire voir au peuple nombreux qui remplit fes portiques.

Dans les jours d'appareil où le Pouvoir exécutif doit donner audience aux Ambaffadeurs des Puiffances étrangères avec lefquelles il a des rapports d'amitié ou d'intérêt, il eft obligé de defcendre dans une cour, de s'y placer fous une banne qui le mette à l'abri de la pluie, parce qu'aucune falle du Directoire ne peut contenir le peuple immenfe que la curiofité preffe & entaffe autour de lui.

Le Palais où fiège la puiffance d'une grande Nation, doit être grand comme elle, annoncer de touts côtés fa grandeur, fa puiffance, fa richeffe, fa magnificence, l'élévation de fes idées, le génie de fes arts.

Le Château de Verfailles, & la ville qui s'eft élevée auprès de lui, rempliffent toutes les vues d'une auffi grande deftination.

Tout ce qui exifte dans ce Château a été créé pour cette grande idée.

Tout ce que la ville renferme convient à la multi-plicité des travaux d'un gouvernement puiffant, & fuffit à leur diverfité.

Le Château de Verfailles eft fi grand, fi vafte, que le feu Roi, fa famille, les Princes de fon fang, les grands Officiers de fa maifon, fes Miniftres, fes Officiers y étaient touts logés commodément. Il eft fi magnifique qu'il furpaffe encore en ce genre tout ce qui exifte actuellement fur la terre.

De longues avenues, bordées de quatre rangs d'arbres, aboutiffent à l'Orient, à l'une des façades du Château ; de belles routes y conduifent des autres points de fa circonférence. Elles ont été tracées pour annoncer de loin l'impofante majefté du local où elles conduifent.

L'étendue et la beauté de ce Château fe voyent de touts côtés ; parce que tout fe rapporte à l'endroit où il eft bâti.

Une place d'armes très-grande & fermée à fon entrée par une ceinture de bâtiments de la plus belle fymétrie, conduit à une cour principale qui s'élève en glacis, et qui eft bordée à droite et à gauche par deux pavillons fuperbes, qui fervoient autrefois de logements aux Miniftres.

On entre de cette cour dans une cour d'honneur, par laquelle on faifoit monter à l'audience des Rois de France, les Ambaffadeurs des puiffances de l'Europe.

L'intérieur de ce Château renferme une longue fuite de beaux appartements, dans lefquels on communique par un grand nombre de falles & de fallons, de la plus belle dimenfion ; par une gallerie où la plus grande Puiffance de la terre peut s'entourer de tout l'appareil qui fied à sa grandeur, de tout ce qui peut donner une idée de fa richeffe et de fa puiffance. On peut y recevoir les Miniftres des Puiffances étrangères avec la dignité qui convient à leur grandeur perfonnelle et à la nature des rapports qu'on peut avoir avec elles.

Les pièces de l'intérieur du Château ont été décorées par le génie de touts les Arts. Toutes font remplies d'un grand nombre de peintures et de fculptures antiques & modernes, qui feront éternellement l'admiration de touts ceux qui les verront.

Le parc de Verfailles eft l'un des plus beaux & des plus variés de la terre, par fon étendue, la richeffe & la pompe de fes ornements. Il renferme dans fon enceinte, des villages, des châteaux, des maifons de plaifance, qui augmentent fa décoration intérieure par la diverfité de leurs conftructions & la variété de leurs oppofitions.

Ces châteaux, ces maifons doivent au Parc une partie de leurs agréments extérieurs, il leur doit une partie de fa beauté.

La nature, originairement pauvre, fèche & aride fur le plateau de Verfailles, doit à l'art fa brillante fécondité, & la parure enchantereffe qui la revêt aujourd'hui.

Des plantations de toutes efpèces, des bois plantés exprès pour étendre l'horifon de la vue, animent par leur verdure le fol artificiel fur lequel Verfailles s'eft élevé. Il eft peuplé d'une foule de ftatues ou antiques ou faites exprès pour la place qu'elles rempliffent.

La vuefe repofe à côté d'elles fur un grand nombre de vafes qui donnent à chaque partie du Parc un nouveau

veau genre de décorations. De beaux reliefs en varient
la forme et la vêture.

La façade du Château qui a plus de trois cents toises
d'étendue, sert elle-même de point de vue à toutes les
parties de ce Parc surperbe.

Ce sol magnifique est arrosé et rafraîchi par des eaux
qui gravissent sur ses hauteurs. Une machine superbe
les leur fait escalader.

D'autres eaux descendent sur ce plateau par des con-
duits secrets. Elles parcourent les canaux divers dans
lesquels elles doivent circuler. Elles viennent ensuite
jouer, bondir sous mille formes différentes dans des
bassins et des bosquets préparés pour leurs jeux. Après
avoir bondi, sailli, sauté & couvert de leurs cascades
de longues étendues, elles vont s'étendre avec lenteur,
se reposer ensuite dans un canal, qu'elles remplissent
de leur transparente liquidité.

La ville de Paris a de grandes beautés, mais elle
n'offre pas un seul Palais qui réunisse tant d'objets
propres à former & à aggrandir la magnificence du lieu
qui les renferme. Elle ne présente pas non plus aux
travaux du Gouvernement des commodités aussi
variées & aussi multipliées.

Malgré les dégâts que le défaut d'entretien a causés,
& que la même cause peut augmenter touts les jours
dans le Château de Versailles ; malgré les dégrada-

D

tions dont l'idée feule de la dévaſtation a pu donner l'idée, ce Palais eſt encore aujourd'hui le ſeul lieu de la terre, qui ait été crée pour ſervir à la réſidence continue du Pouvoir exécutif de la France.

Le Gouvernement actuel de la France, veut certainement repoſer ſur des fondements ſolides & durables. Il doit s'entourer de tout ce qui peut aggrandir le ſentiment de reſpect qu'il doit vouloir s'attirer.

La magnificence des lieux eſt une première puiſſance qui produit cet effet. Elle eſt une ſentinelle intérieure qui ſert par-tout de ſauve-garde à la ſouveraineté qu'elle entoure.

Les Palais qui ont été embellis par le génie des Arts & le luxe de leurs idées, inſpirent un ſentiment ſecret de retenue & de reſpect à ceux qui y ſont admis. Perſonne ne peut s'en défendre. On craint de faillir dans un endroit, où le génie des Arts obſerve de touts côtés l'admiration qu'il excite. Sous ce point de vue, on doit conſerver Verſailles.

La ville de Verſailles eſt auſſi par ſa grandeur par ſon étendue, & la deſtination de toutes ſes maiſons, la ſeule ville de France qui ſoit propre à la réſidence des Agents du Gouvernement du peuple François, ou de la Nation de la terre qui a le plus de rapports de culture, d'induſtrie & de commerce.

On admire dans Verſailles , la beauté de ſes places ,
de ſes marchés , de la fontaine qui ſe trouve placée
à l'un des côtés de l'Egliſe Notre-Dame. Cette Égliſe,
par la beauté de ſon architecture intérieure & extérieure,
& par l'heureuſe ſituation dans laquelle elle eſt placée ,
peut ſervir de modèle à touts les édifices de ce genre,
qui ſont conſacrés au culte de la Divinité.

Les rues de Verſailles , grandes & belles & très-
ſolidement pavées , ſont preſque toutes tirées au cor-
deau , & bordées de chaque côté par les Hôtels des
Princes & des Seigneurs qui formoient l'ancienne cour.
Les maiſons des particuliers y ſont en général belles ,
grandes, ſpacieuſes, commodes, bien bâties , diſtri-
buées avec intelligence & goût.

La partie de Verſailles, qui ſe trouve en face du
Château , & entre les Avenues de Sceaux & de Saint-
Cloud , eſt remplie d'édifices magnifiques qui ont preſ-
que touts de beaux jardins.

Les bâtiments, qui appartenoient à l'ancien Gouvernement , & qui ont été bâtis pour touts ſes rapports, ſont grands, vaſtes & commodes , & diſtribués
pour touts les genres de relations qu'il peut former.
Ils ſont tellement liés les uns aux autres, que toutes les
parties du gouvernement peuvent ſe réunir par un
enſemble utile aux affaires générales , & à l'expédition
plus prompte des affaires particulières.

Les intervalles qui féparent ces différentes conftructions font fi peu confidérables, qu'ils ne peuvent interrompre ni retarder les communications que toutes les
parties du Gouvernement doivent avoir entr'elles.

Les attributions ont des bâtiments qui peuvent fer-
vir à former leurs bureaux. Toutes peuvent être fous la
main de leurs chefs.

Les routes qui conduifent à Verfailles font dominées
par des hauteurs. La nature a pofé elle-même leurs
points de défenfe. La moindre force fuffit pour le
rendre inattaquable.

Les grands corps-de-garde établis dans Verfailles,
les autres poftes militaires qu'on peut y former, peuvent
fe prêter une affiftance prompte. Une minute fuffit
pour les mettre touts en rapport les uns avec les autres.

Verfailles ne peut pas être comme Paris, la réfidence
des gens qui vivent de leur inutilité. Son terrein eft
trop borné, trop ouvert.

Le défœuvrement fe voit de toutes parts dans une
ville où tout le monde eft occupé.

Les gens fans état ne vont point roder, fe loger
auprès de ceux qui doivent les contenir.

La fûreté du gouvernement à Verfailles eft une con-
fidération importante à laquelle le Directoire doit faire
attention. Elle doit écarter toutes les objections que
l'on fera.

Il n'y a rien de détruit entiérement à Versailles. On a fait quelques dégâts dans la Chapelle. On peut les réparer. Le beau ne doit jamais être défiguré.

On a abattu quelques avenues; on peut les re-planter.

Le Parc a souffert quelques dégradations. On peut y remédier, entretenir ensuite avec soin tout ce que l'esprit destructeur qui a plané sur la France n'a pas encore frappé de sa faulx meurtrière.

Il en coûte infiniment moins pour conserver le beau qui existe en France, que pour le rebâtir & le refaire en entier.

L'économie qu'on peut faire en épargnant la dépense de l'entretien de Versailles, ne peut être comparée au tort incalculable qu'elle lui occasionnera.

Choisy est détruit; Sceaux est dégradé. On ne viendra plus voir ces Châteaux superbes d'aucun endroit de l'Europe.

ON DIRA; l'éloignement de Paris des premiers membres du gouvernement peut occasionner des troubles, des émeutes. Il a la force suffisante pour les prévenir & les contenir.

Toutes les fois que Paris a été le siège du Gouvernement, cette ville a été tourmentée par les agitations qu'on a eu intérêt de lui communiquer.

Les règnes de Charles V & VI, les temps de la Ligue, les commencements de Louis XIV démontrent cette vérité.

On dira ; le Gouvernement ne doit point livrer à la folitude, à la garde feule d'un concierge, les bâtiments nationaux qui couvrent le sol de Paris.

Les Palais qui fervent de parure & d'embelliffement à cette grande ville, le Luxembourg, les Tuilleries, doivent être foigneufement entretenus, embellis même, s'il le faut.

On doit achever le Louvre, le plus beau monument d'architecture qui exifte en France.

Ces Palais ferviront à la réfidence paffagère des dépofitaires de l'autorité des Loix ;

A loger les premiers Magiftrats de la République. La dignité de leurs fonctions exige qu'on les entoure de cet appareil.

L'importante dignité du local où loge un Magiftrat, doit annoncer la fupériorité que lui donnent fes fonctions, fur l'homme que la loi foumet à l'exercice paffager de fa magiftrature.

On pourra auffi employer ces Palais à loger des fçavants diftingués.

Les gens de lettres qui fe font fait remarquer par leurs écrits.

Les Artiftes de chaque profeffion qui fe feront élevés à la fupériorité qu'on y peut atteindre,

Le Gouvernement doit diftinguer & faire diftinguer les hommes qui le repréfentent, dans touts les degrès de la fubordination dont il eft le premier échellon.

Le Gouvernement doit auffi regarder avec amour, les hommes fupérieurs qui ont étudié la nature , & qui dévoilent le fecret de fes travaux.

Les hommes de génie, que le ciel a deftinés à préparer la richeffe & la profpérité des Nations, & à leur former de nouvelles jouiffances, ne pouffent point au gré du befoin qu'on a de leurs lumières. Ils font touts un don du Ciel, une offrande précieufe que le temps préfente aux états , qu'il en gratifie.

Les Nations qui poffedent par intervalles quelques hommes de ce caractère, doivent careffer leurs talents, les protéger, les foutenir , les ménager comme ces plantes délicates que l'on défend de la froidure des hyvers & de l'orage impétueux des vents. Leur efprit, leur génie, leurs ouvrages allument partout le jour de l'immortalité. Virgile rappelle fans ceffe Augufte ; Racine, Louis XIV.

Les chefs - d'œuvres de l'efprit & du génie, font l'enfantement pénible des fiècles , & le fruit rare & tardif de leur vieilleffe. On doit les conferver pour l'avenir.

www.ingramcontent.com/pod-product-compliance
Lightning Source LLC
Chambersburg PA
CBHW060905180626
46818CB00004B/1841